하늘을 올려다본다

하늘은 여전히 흐리고
바람은 여전히 차지만
마음은 미리 온 봄날

하늘 한 가운데
숨 가쁘게 혼자서
달려온 너

어떻게 살았니,
어떻게 살았어?
나 보고 싶어서 왔구나

가슴 쓸어내린다.

나태주

너만 모르는 그리움

나태주 필사시집
너만 모르는 그리움

초판 1쇄 발행 2020년 1월 10일
초판 15쇄 발행 2022년 9월 28일
개정 1쇄 인쇄 2023년 4월 4일
개정 1쇄 발행 2023년 4월 17일

지은이 | 나태주
펴낸이 | 金湞珉
펴낸곳 | 북로그컴퍼니
주소 | 서울시 마포구 와우산로 44(상수동), 3층
전화 | 02-738-0214
팩스 | 02-738-1030
등록 | 제2010-000174호

ISBN 979-11-6803-061-9 03810

너만 모르는 그리움

나태주 필사시집

북로그컴퍼니

무엇보다도 먼저 그리움을 간직해야 할 일입니다

인생이 허무하다고 말씀하시나요? 네. 인생이 허무한 것 맞는 말입니다. 하지만 말입니다. 허무한 인생을 허무하다고 자꾸만 말을 하면 더욱 허무해질 것입니다. 비록 허무한 인생일지라도 허무하지 않다고 생각한다면 조금씩 허무한 마음은 줄어들 것이라고 생각합니다.

무엇보다도 먼저 그리움을 간직해야 할 일입니다. 그리움은 이전에 나에게 있었으나 오늘에는 없는 그 무엇을 원하는 마음입니다. 우리가 그리움을 가슴에 간직할 때 우리의 잿빛 인생은 조금씩 초록빛으로 변하기도 하고 파랑빛으로 물들기도 할 것입니다. 그뿐이 아니지요. 그리움은 조금씩 자라 사랑이 되기도 할 것입니다.

그렇습니다. 잿빛의 인생이 총천연색의 인생으로 바뀌는 순간이지요. 나의 인생을 통틀어 생각해 볼 때 나에게 가장 큰 문제는 무엇인가를 그리워하고 누구인가를 좋아해서 어쩌지 못하는 마음이었습니다. 그것은 때로는 성가신 짐짝 같았고 떨구어 내기 어려운 부채 같은 것이었습니다. 하지만 그 그리움으로 하여 나의 인생은 잠시 반짝이기도 했고 싱싱해지기도 했습니다. 이제 와 생각해 보니 그리움은 나의 길이었고 나의 안내자였고 사랑은 또 동행자였습니다.

좋으신 분, 정다운 분이시여. 그대에게 나의 그리움을 분양해 드리고 싶습니다. 내가 가졌던 사랑을 조금씩 나누어 드리고 싶습니다. 부디 거절하지 마시고 나의 그리움을 받아 가시기 바랍니다. 이 책에 실린 시들이 바로 나의 그리움의 흔적들입니다. 사랑의 흔적들입니다.

이 그리움을 받아다가 당신의 화분에 심을 때 조그만 싹이 나고 줄기가 자라고 잎이 자라 꽃도 피어날 것이라고 믿습니다. 바로 설레는 인생의 꽃입니다. 사랑의 꽃입니다. 그 꽃을 당신께 드립니다. 당신만 모르는 그리움을 돌려드립니다. 사랑도 돌려드립니다.

2020년 새 아침

나태주 씁니다

차 례

※ 신작을 포함한 미공개 시의 경우 제목 뒤에 * 표기를 붙였습니다.

Part 1
사랑한다,
나는 사랑을
가졌다

Part 2
그대 그리워
잠 못 드는 밤

Part 3
안녕 안녕
오늘은 좋은 날

사랑한다、
나는 사랑을 가졌다

Part 1

부탁

너무 멀리까지는 가지 말아라
사랑아

모습 보이는 곳까지만
목소리 들리는 곳까지만 가거라

돌아오는 길 잊을까 걱정이다
사랑아

사랑한다, 나는 사랑을 가졌다

연애

날마다 잠에서
깨어나자마자 당신 생각을
마음속 말을 당신과 함께
첫 번째 기도를 또 당신을 위해

그런 형벌의 시절도 있었다.

바람이 부오

이제 나뭇잎은
아무렇게나 떨어져
땅에 딩구오

나뭇잎을 밟으면
바스락 소리가 나오

그대 내 마음을 밟아도
바스락 소리가 날는지 ······

행
복

어제 거기가 아니고
내일 저기도 아니고
다만 오늘 여기
그리고 당신.

너를 알고 난 다음부터 나는

너를 알고 난 다음부터 나는
잠을 자도
혼자 잠을 자는 것이 아니라
너와 함께 잠을 자는 것이요,

너를 알고 난 다음부터 나는
길을 걸어도
혼자 걷는 것이 아니라
너와 함께 걷는 것이요,

너를 알고 난 다음부터 나는
달을 보아도
혼자 바라보는 달이 아니라
너와 함께 바라보는 달이다

너를 알고 난 다음부터 나는
노래를 들어도
혼자 듣는 노래가 아니라
너와 함께 듣는 노래이다.

그
래
도

나는 네가 웃을 때가 좋다
나는 네가 말을 할 때가 좋다
나는 네가 말을 하지 않을 때도 좋다
뾰로통한 네 얼굴, 무덤덤한 표정
때로는 매정한 말씨
그래도 좋다.

나만의 비밀

너를 생각하는 나의 마음은
아무에게도 들키고 싶지 않은
나만의 비밀

너를 생각하는 나의 마음은
너한테도 들키고 싶지 않은
나만의 비밀.

꿈꾸는 사랑

네 손을 만지기보다는
네 손을 만지고 싶어 하는
내 마음만을 아끼고 싶었다

네 머리칼을 쓸기보다는
네 머리칼을 쓸어주고 싶어 하는
내 마음만을 더 좋아하고 싶었다

너를 안아주기보다는
너를 안아주고 싶어 하는
내 마음만을 나는 더 가지고 싶었다

네 입술에 눈빛에 입맞춤하기보다는
네 입술에 눈빛에 입맞춤하고 싶어 하는
나의 마음만으로 나는 더 행복해지고 싶었다.

선물
1

선물을 주고 싶다고?

선물은 필요치 않아

네 얼굴과 네 목소리와 너의 웃음이

나에겐 선물이야

너 자신이 나에겐

그 무엇과도 바꿀 수 없는

오직 하나뿐인 선물이야

네가 그걸 알기나 하는지 모르겠다.

화살기도

아직도 남아 있는 아름다운 일들을
이득게 하여 주소서
아직도 만나야 할 좋은 사람들을
만나게 하여 주소서
아멘이라고 말할 때
네 얼굴이 떠올랐다
퍼뜩 놀라 그만 나는
눈을 뜨고 말았다

너 없는 날

사람 많은 데서 나는
겁이 난다,
거기 네가 없으므로

사람 없는 데서 나는
겁이 난다,
거기에도 너는 없으므로.

연

오래
기다리셨습니다

드릴 것은
조그만 마음뿐입니다

부디 오래
머물다 가십시오

바람에겐 듯
사랑에겐 듯.

소망

많은 것을 알기를
꿈꾸지 않는다

다만 지금, 여기
내 앞에서 웃고 있는 너

그것이 내가 아는 세상의
전부이기를 바란다.

별
짓

어제 사서 감추어가지고 온 귀걸이를 아침에 내밀었다
아이 뭘
좋알대며 받아서 걸어보는 너의 귀가 조그만 나비처럼
예뻤다

점심때 함께 식사하고 나오며 네 신발을 가지런히
돌려주었다
아이 뭘
신을 신는 너의 두 발이 꼭 포유동물의 눈 못 뜬 새끼들
처럼 귀여웠다

오후에 가게에서 소프트아이스크림을 사들고 뛰어와
너에게 주었다
아이 뭘
아이스크림을 베어 무는 너의 입술이 하늘붕어처럼
사랑스러웠다

아이 뭘⋯⋯
내가 별짓을 다한다.

산수유꽃 진 자리

사랑한다, 나는 사랑을 가졌다
누구에겐가 말해주긴 해야 했는데
마음 놓고 말해줄 사람 없어
산수유꽃 옆에 와 무심히 중얼거린 소리
노랗게 핀 산수유꽃이 외워두었다가
따사로운 햇빛한테 들려주고
놀러온 산새에게 들려주고
시냇물 소리한테까지 들려주어
사랑한다, 나는 사랑을 가졌다
차마 이름까진 말해줄 수 없어 이름만 빼고
알려준 나의 말
여름 한철 시냇물이 줄창 외우며 흘러가더니
이제 가을도 저물어 시냇물 소리도 입을 다물고
다만 산수유꽃 진 자리 산수유 열매들만
내리는 눈발 속에 더욱 예쁘고 붉습니다.

아름다운 사람

아름다운 사람

눈을 둘 곳이 없다

바라볼 수도 없고

그렇다고 아니 바라볼 수도 없고

그저 눈이

부시기만 한 사람.

큰일

조그만 너의 얼굴
너의 모습이
점점 자라서
지구만큼 커질 때 있다

가느다란 너의 웃음
너의 목소리가
점점 커져서
지구를 가득 채울 때 있다

이거야말로 큰일,
사랑이 찾아온 것이다

안개

흐려진 얼굴
잊혀진 생각
그러나 가슴 아프다.

선물 2

하늘 아래 내가 받은
가장 커다란 선물은
오늘입니다

오늘 받은 선물 가운데서도
가장 아름다운 선물은
당신입니다

당신 나지막한 목소리와
웃는 얼굴, 콧노래 한 구절이면
한 아름 바다를 안은 듯한 기쁨이겠습니다.

사랑한다, 나는 사랑을 가졌다

당신께 드립니다

사랑한 사람

어여쁜 사람

고마운 사람

당신 이름 앞에 골고루 한 번씩 붙여본 말들입니다

오늘은 모처럼 평안하고 밝은 마음을 전해요

천둥 번개 먹구름 후려치고 떠나간 맑고 푸른 하늘을

드려요

소낙비 쏟아져 두드리고 가 더욱 푸르러진 풀잎 언덕

의 둥시렷한

무지개를 드리고 싶어요

이제는 조바심하지 않으려 해요

떼쓰지 않으려고 그래요

당신 말 잘 듣는 착한 사람이려고 그래요

당신 마음 변할까 의심하기보다는

내 마음 오히려 변하지 않을까 걱정하려고 해요

우선 먼저, 내 마음부터 평화롭고 자유롭게 고요하게 만들어

당신 찾아오면 편안히 쉬다 가게 했으면 싶어요

놀다 가게 했으면 싶어요

신이 허락하신 만큼 오늘 하루치의 사랑과 평안과

따스함과 부드러움을 당신께 전해요

부디 오늘 하루도 잘 계시옵기를…….

부탁

너무 멀리까지는 가지 말아라
사랑아

모습 보이는 곳까지만
목소리 들리는 곳까지만 가거라

돌아오는 길 잊을까 걱정이다
사랑아.

부탁

나태주

너무 멀리까지는 가지 말아라
사랑아

못들 보이는 곳까지만
목소리 들리는 곳까지만 가거라

돌아오는 길 잊을까 걱정이다
사랑아.

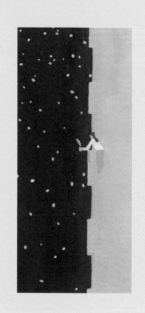

그대 그리워 잠 못 드는 밤

Part 2

잡은 손

잡은 손 놓지 말아요
부디 오래 잡고 있어줘요
그대 손 놓으면
그만 와르르 낭떠러지
별들이 기울어요
하르르 꽃잎이 져요
나폴나폴 꽃잎은 별들은
나비 되어 땅에 떨어져요
우리 마음 둘이서
더는 날지 못해요

4
월

바람이 내어주는 길로
꽃잎이 놓아주는
징검다리를 건너

끝까지 이 세상
끝까지 가고 싶다

가서는 꽁꽁 숨어
살고 있는 너
한 사람 만나고 싶다

데려오고 싶다.

문득

많은 사람 아니다
더더욱 많은 이름 아니다
오직 한 사람,
한 사람의 이름이
나는 오늘 문득
그리운 것이다.

그대 그리워 잠 못 드는 밤

여행에의 소망

그곳이 그리운 것이 아니라
그곳에 있는 네가 그리운 것이다

그곳이 보고 싶은 것이 아니라
그곳에 있는 네가 보고 싶은 것이다

너는 하나의 장소이고 시간
빛으로도 도달할 수 없는 나라

네가 있는 그곳이 아름답다
네가 있는 그곳에 가고 싶다

네가 있는 그곳에 가서 나도
그곳과 하나가 되고 싶다.

가을 정원

폐가, 무너진
망해버린 왕국

지난여름
우리의 사랑은 얼마나
치열했던가!

버려진 문장
잊혀진 언약.

묻
지
않
는
다

처음엔 언제 갈 거냐
언제쯤 떠날 거냐
조르듯 묻곤 했다

언제까지 내 곁에
있어줄 거냐, 또
따지듯 묻기도 했다

그러나 이제는
아무것도 묻지 않는다
묻지 않기로 한다

다만 곁에 있는 것만 고마워
숨소리 듣는 것만이라도
눈물겨워

저 음악 한 곡
마칠 때까지만이라고
말을 한다

커튼 자락에 겨울 햇살
지워질 때까지만이라고
또 말을 한다.

세상 일이 하도 섭해서

세상 일이 하도 섭해서

그리고 억울해서

세상의 반대쪽으로 돌아앉고 싶은 날

아무도 모르는 곳으로

숨어버리기라도 하고 싶은 날

내게 있었소

아무한테서도 잊혀지고 싶은 날

그리하여 소리 내어 울고 싶은 날

참 내게는 많이 있었소.

선물
3

급하게 몇 가지 가지고 나왔습니다
당신 가신다기에 멀리 떠나신다기에
준비 없이 허둥지둥 몇 가지 들고 나왔습니다

책장에서 아끼던 옛날 책 몇 권 빼내고
오래 전부터 간직했던 만년필 한 자루 꺼내고
시간 날 때마다 당신 붓글씨 쓰고 싶다기에
화방에 가 벼루와 먹, 그리고 붓과 화선지
얼마큼 사가지고 와 손 내밉니다

그러나 정작 당신에게 드리고 싶은 것
눈에 보이는 그 어떤 물건이 아니라
눈에 보이지 않는 내 마음이라는 것을
당신도 이미 아시는 일입니다

이것들 드리면서 울먹이는 나를 향해
당신 눈가에 보일 듯 말 듯 이슬을 만들어내시는군요
그 이슬 나에겐 또 그 어떠한 선물보다
귀하고 값진 선물임을 나는 압니다.

너의 바다

바라만 봐도
쓰러질 듯
생각만 해도
안겨올 듯

오늘은 나도 와락
너를 향해 쓰러지는
조그만 바다가
되어볼까 그런다.

한 사람이 그립다

혼자서 쓸쓸한 날
저절로 떠오르는 사람
다정스레 웃는 얼굴
내게 있는가?

할 일 없어 시내에 나가
차나 한잔 마셔야지 생각하며
버스에 올랐을 때 절로 입술에 붙는 이름
내게 있는가?

많은 사람 아니다
더더욱 많은 이름 아니다
오직 한 사람, 한 사람의 이름이
오늘 나는 매우 그리운 것이다.

하루만 보지 못해도

하루만 보지 못해도
무슨 일이 있지나 않을까……
네가 나를 아주 잊어버리지나
않았을까……

길모퉁이 담장 아래에도
너는 서 있고
공원의 나무 아래 벤치에도
너는 앉아 있고

오가는 사람들의 물결 속에도
너는 섞여 있고
길거리 밝은 불빛 속에서도
너는 웃으면서 내게로 온다

아, 그러나
너는 언제나 내 앞에 없었다.

나무

너의 허락도 없이
너에게 너무 많은 마음을
주어버리고
너에게 너무 많은 마음을
빼앗겨버리고
그 마음 거두어들이지 못하고
바람 부는 들판 끝에 서서
나는 오늘도 이렇게 슬퍼하고 있다
나무 되어 울고 있다

비
단
머
플
러

날씨 벌써 추워졌다
싸늘한 목덜미

비단 머플러 꺼내 두르니
네 생각난다

비단 머플러가 너다
네가 또 비단 머플러다

쌀쌀한 가을 날씨가
싫지 않다.

보고 싶다

보고 싶다,
너를 보고 싶다는 생각이
가슴에 차고 가득 차면 문득
너는 내 앞에 나타나고
어둠 속에 촛불 켜지듯
너는 내 앞에 나와서 웃고

보고 싶었다,
너를 보고 싶었다는 말이
입에 차고 가득 차면 문득
너는 나무 아래서 나를 기다린다
내가 지나는 길목에서
풀잎 되어 햇빛 되어 나를 기다린다.

깊은 밤에

내가 밤에 혼자 깨어
외로워할 때
자기도 따라서
혼자 깨어 외로워하는 사람

내가 앓으며
가슴이 엷어져 갈 때
자기도 따라서
앓으며 가슴이 엷어져 가는 사람

세상에 한 사람쯤
있어줄까 몰라,
그것을 재산 삼아
나는 오늘도 살아가고
내일도 살아갑니다.

사람 그리워

나는 열 번을 죽어 다시 태어나도

사람으로 태어나리

사람 중에서도 사람 그리워

밤잠을 설치고

두 눈이 짓무르는

이냥 이대로 못난

사내로 태어나리

그리하여 다시 그대를 만나고

그대와 다시 헤어져

그대 그리워 잠 못 드는 밤을

혼자 가지리.

그 때 나에게는

오래오래 바라보고 싶었을 따름입니다

오래오래 그 곁에 앉아 있고 싶었을 따름입니다

할 말이 따로 있었던 건 아닙니다

들어야 할 말이 또 있었던 건 아닙니다

그렇다고 해야만 할 특별한 일이 있었던 것도
아니구요

두 눈 속에 고운 모습 잊혀지지 않도록

가슴속에 맑은 숨결 지워지지 않도록

말없이 오래오래 마주보고 싶었을 따름입니다

헤어진 뒤 오래오래 견뎌야 할 고적한 시간들을

가늠해보는 일이 그 때 나에게는

가장 견디기 힘든 일이었습니다.

나 오늘 왜 이러죠

가을이 너무 많아요
얼른 가을이 지나가 버리고 차라리
얼음 찬 겨울이 들이닥쳤음 좋겠어요
당신 내게 데리고 온 가을
가을만 덩그러니 남기고 당신
훌쩍 떠나버린 자리
가을과 나만 둘이서 마주 앉은 날들이
너무 많아요

무심히 피어 있는 뜨락의 국화꽃 덤불
국화꽃 덤불 위에 지나가던 바람이 몸을 얹고
흔들거리는 것도 차마 못 보아주겠어요
나날이 단풍의 물이 들어가는 나무들도 그러하지만
일찍 떨어져 땅바닥에 뒹굴다가
발길에 밟히며 소리 내는 낙엽은
더더욱 못 보아주겠는 맘이에요

나 오늘 왜 이러죠?

그대를 또 만나기 위해서는

그대를 또 만나기 위해서는
또 얼마만큼 눈치를 살피고
또 얼마만큼 마음 조리고
또 얼마만큼 많은 잠 없는 사막의 밤을
견뎌야 할지 모른다
마시기 싫은 술도 마셔야 한다
다시는 이 골목에 들어서지 않으리
사람 뜸한 밤길을 나서면서
스스로의 발등을 찍고 싶었지만
하늘에 뜬 희멀건 달님만이
거짓말 그건 거짓말
내려다보며 비웃고 있었다

너에게 말한다

네가 나를 좋아한다고 말할 때
나는 너를 좋아하지 않는다고 말하리

네가 나를 사랑한다고 말할 때
나는 너를 사랑하지 않는다고 말하리

네가 나 없이는 세상을 살 수 없다고 말할 때
나는 너 없이도 세상을 살아갈 수 있다고 말하리

네가 내 생각하느라 밤잠을 설쳤다고 말할 때
나는 꿈 속에서도 너를 만나지 못했다고 말하리

네가 나를 그리워했다고 말할 때
나는 너를 그리워하지 않았다고 말하리

그러나 어느 날 갑자기
네가 내 곁을 떠나겠다고 말할 때
나는 비로소 조용히 고개를 떨구리.

너의 바다

바라만 봐도
쓰러질 듯
생각만 해도
안겨올 듯

오늘은 나도 와락
너를 향해 쓰러지는
조그만 바다가
되어볼까 그런다.

너의 바다

나태주

바라만 봐도
쓰러질 듯
생각만 해도
안겨올 듯

오늘은 나도 와락
너를 향해 쓰러지는
조그만 바다가
되어볼까 그런다.

안녕 안녕
오늘은 좋은 날

Part 3

풀꽃 3

기죽지 말고 살아봐

꽃 피워봐

참 좋아.

오늘의 약속

덩치 큰 이야기, 무거운 이야기는 하지 않기로 해요
조그만 이야기, 가벼운 이야기만 하기로 해요
아침에 일어나 낯선 새 한 마리가 날아가는 것을
보았다든지
길을 가다 담장 너머 아이들 떠들며 노는 소리가
들려 잠시 발을 멈췄다든지
매미 소리가 하늘 속으로 강물을 만들며 흘러가는
것을 문득 느꼈다든지
그런 이야기들만 하기로 해요

남의 이야기, 세상 이야기는 하지 않기로 해요
우리들의 이야기, 서로의 이야기만 하기로 해요
지나간 밤 쉽게 잠이 오지 않아 애를 먹었다든지
하루 종일 보고픈 마음이 떠나지 않아 가슴이 뻐근
했다든지
모처럼 개인 밤하늘 사이로 별 하나 찾아내어 숨겨
놓은 소원을 빌었다든지
그런 이야기들만 하기로 해요

실은 우리들 이야기만 하기에도 시간이 많지 않은 걸
우리는 잘 알아요
　　그래요, 우리 멀리 떨어져 살면서도
　　오래 헤어져 살면서도 스스로
　　행복해지기로 해요
　　그게 오늘의 약속이에요.

삶

해가 떴구나 출근해야지
해가 지는구나 어, 퇴근해야지
집에 돌아와 티브이 보다가
졸립구나 그래 자야지
이렇게 살아도 우리네 하루하루는
거룩하고도 아름답고 가득하고
성스러운 것입니다.

안녕 안녕 오늘은 좋은 날

여름의 일

골목길에서 만난
낯선 아이한테서
인사를 받았다

안녕!

기분이 좋아진 나는
하늘에게 구름에게
지나는 바람에게 울타리 꽃에게
인사를 한다

안녕!

문간 밖에 나와
쭈그리고 앉아 있는
순한 얼굴의 개에게도
인사를 한다

너도 안녕!

흰 구름에게

날마다 아침이면 이 세상 첫날처럼

날마다 저녁이면 이 세상 마지막 날처럼

당신도 그렇게, 그렇게.

인
생

화창한 날씨만 믿고
가벼운 옷차림과 신발로 길을 나섰지요
향기로운 바람 지저귀는 새소리 따라
오솔길을 걸었지요

멀리 갔다가 돌아오는 길
막판에 그만 소낙비를 만났지 뭡니까

하지만 나는 소낙비를 나무라고 싶은
생각이 별로 없어요
날씨 탓을 하며 날씨한테 속았노라
말하고 싶지도 않아요

좋았노라 그마저도 아름다운 하루였노라
말하고 싶어요
소낙비 함께 옷과 신발에 묻어온
숲속의 바람과 새소리

그것도 소중한 나의 하루
나의 인생이었으니까요.

시

너무 자세히 알려고 하지 마시게
굳이 이해하려 하지 마시게
그것은 상징일 수도 있고
던져진 느낌일 수도 있고
느낌 그 자체, 분위기일 수도 있네
느낌 너머의 느낌의 그림자를
느끼면 되는 일일세
그림을 보듯 하고
음악을 듣듯 하시게
속속들이 알려고 하지 말고
그냥 건너다보시게 훔쳐 가시게.

오
타

컴퓨터 자판에 '삶'이라고 쳤는데
모니터엔 '사람'으로 나온다
번번이 독수리 타법, 오타다

아, 삶이란 결국 사람이고
사람이 곧 삶인 거구나
독수리 타법에 감사하며
오타에 고개 숙인다.

어린아이로

어린아이로 남아 있고 싶다
나이를 먹는 것과는 무관하게
어린아이로 남아 있고 싶다
어린아이의 철없음
어린아이의 설레임
어린아이의 투정
어린아이의 슬픔과 기쁨
그리고 놀라움
끝끝내 그것으로 세상을 보고 싶다
끝끝내 그것으로 세상을 건너가고 싶다
있는 대로 보고 들을 수 있고
듣고 본 대로 느낄 수 있는
그리고 말할 수 있는
어린아이의 가슴과 귀와 눈과
입술이고 싶다

눈부신 세상

멀리서 보면 때로 세상은
조그맣고 사랑스럽다
따뜻하기까지 하다
나는 손을 들어
세상의 머리를 쓰다듬어준다
자다가 깨어난 아이처럼
세상은 배시시 눈을 뜨고
나를 향해 웃음 지어 보인다

세상도 눈이 부신가 보다.

애들아 반갑다

아침마다 문을 조금씩 열어놓는다
혹시나 유리창에 가려 방안으로
들어오지 못하는 수줍은 햇빛들도 들어오게 하고
바람이며 새소리도 조금 들어오게 하기 위해서다

바람을 따라 먼지 같은 것도
덤으로 들어온단들 어떠랴!
들어와 나랑 함께 잠시 놀다가 다시
밖으로 나가면 될 일이 아니겠나?

현관 쪽으로 난 문도 뻥긋이 조금 열어놓는다
아이들 떠드는 소리 아이들 후당탕거리며
지나가는 발자국 소리들도 조금 들어와
내 마음속에 잠시 머물러 놀다 가기를
바라는 마음에서다

애들아, 반갑다
다 반갑다.

안녕 안녕 오늘은 좋은 날

사치

근원 모를 외로움에 손목 잡혀

꽃집에 들러

줄 사람도 없으면서 사들고 나온

꽃다발

누구에게 줄까?

길을 가다가 아무나

만나는 첫사람에게나

주리라

안녕 안녕

오늘은 좋은 날.

별이 되리라

우리가 죽으면 별이 되리라
세상에서 가난하고 슬프게 살았지만
아름다운 생각
사랑하는 마음
잃지 않고 살았으니
별이 되리라

너의 별은
너처럼 야무지게 입 다문
작은 별
나의 별은
너를 위해 수박등인 양
빛나는 떨기별

우리가 다시 태어나면 별이 되리라
세상에서 외롭고 춥게 살았지만
사랑하는 마음
아름다운 생각
잃지 않으려고 애쓰며 살았으니
별이 되리라.

안녕 안녕 오늘은 좋은 날

다섯의 세상

세 돌이 채 되지 못한
우리 손자 어진이가
알고 있는 숫자 가운데
가장 큰 숫자는 다섯
손가락 다섯 개의
바로 그 다섯

얼마나 맛있느냐 물으면
손가락 다섯 개를 활짝 펴 보이고
얼마나 추웠느냐 물어도
손가락 다섯 개를
활짝 펴 보이며 웃는다

손가락 다섯 개로 표현되는 세상이여
아름다운지고 거룩한지고
욕심 없는 그 나라의 셈법이여.

말을 배우다

〈그리움〉이란 말,
〈사랑〉이란 말들은
지구 위에 살다간 수많은 사람들이
한 번씩 두 번씩 입었다가 벗어던진
낡은 옷
그러나 맨 처음
그리움에 눈트는 소녀와
사랑에 주눅들어가는 소년에게라면
〈그리움〉과 〈사랑〉이란 말은 얼마나
가슴 벅찬 단어들일 것인가!
손 닿을 수 없이 머나먼 무지개들일 것인가!
누구나 맨 처음 해보게 마련인 첫사랑이란 거
누구나 맨 처음 타보게 마련인 인생이란 열차.

너를 아껴라

네가 가진 것을 아껴라
해와 달이 하나이듯이
세상에 너는 너 하나,
너 이전에도 너는 없었고
너 이후에도 너는 없을
너는 너 하나

많은 꽃과 나무 가운데
똑같은 꽃과 나무는 하나도 없듯이
세상의 많은 사람 가운데
너는 너 하나,
하나밖에 없는 소중한 존재,

세상의 그 무엇을 주고서도
너와 바꿀 순 없다
세상을 다 주고서도
너를 대신할 순 없다
세상의 어떤 값진 것으로도
너를 얻을 수는 없다

네가 가진 것을 아껴라
너의 결점과 너의 장점,
너의 좌절과 너의 승리,
너의 뜨거움과 그리움,
너의 깨끗함을 아껴라.

참새

참새야
내 손바닥에 앉아다오,

네가 바란다면
내 손바닥은 잔디밭

네가 바란다면
내 손가락은 마른 나뭇가지

참말로 네가 바란다면
내 입술은 꽃잎, 잘 익은 까치밥

참새야
내 머리 위에 앉아다오,

네가 바란다면
내 머리칼은 겨울 수풀, 아무도 모르는.

막동리를 향하여

욕심을 내면 보이지 않네
마음이 어두우면 보이지 않네
햇빛이 내어주는 가느다란 길
바람이 비껴주는 비좁은 길
그 길을 따라 끝끝머리
은행나무 한 그루
오두막집 한 채
노란 은행잎 떨어져 눕는 곳
익은 은행알 떨어져 숨는 곳
눈 감은 마음이면 보이지 않네
따뜻한 눈길이 아니면 보이지 않네
햇빛과 바람이 놓아주는
조그만 다리를
건너고 건너서.

추억

어디라 없이 문득
길 떠나고픈 마음이 있다
누구라 없이 울컥
만나고픈 얼굴이 있다

반드시 까닭이
있었던 것은 아니다
분명히 할 말이
있었던 것은 더욱 아니다

푸른 풀밭이 자라서
가슴속에 붉은
꽃들이 피어서

간절히 머리 조아려
그걸 한사코
보여주고 싶던 시절이
내게도 있었다.

산을 바라본다

속상한 일
답답한 일
섭섭하고 마음 맺힌 일
있을 때마다
산을 바라본다

턱을 괴고 앉아
산을 부러워한다

어쩌면 저리도 푸르고
저리도 의젓하고 넉넉하며
가득히 아름다울까?

너무 속상해하지 말게
너무 답답해하지 말게
너무 섭섭해하지 말게

오늘도 산은 내게 넌지시
눈짓으로 타일러
말하고 있다.

시

너무 자세히 알려고 하지 마시게
굳이 이해하려 하지 마시게
그것은 상징일 수도 있고
던져진 느낌일 수도 있고
느낌 그 자체, 분위기일 수도 있네
느낌 너머의 느낌의 그림자를
느끼면 되는 일일세
그림을 보듯 하고
음악을 듣듯 하시게
속속들이 알려고 하지 말고
그냥 건너다보시게 훔쳐 가시게.

시

나태주

너무 자세히 알려고 하지 마시게

혹이 이해하려 하지 마시게

그것은 설정일 수도 있고

언제건 느낌일 수도 있고

느낌 그 자체, 분위기일 수도 있네

느낌 너머의 느낌의 그림자를

느끼면 되는 일인세

그림을 보듯 하고

음악을 듣듯 하시게

속속들이 알려고 하지 말고

그냥 건너다 보시게 흘려다 가시게.

나의 가슴도
바다같이 호수같이

Part 4

오늘의 꽃

웃어도 예쁘고
웃지 않아도 예쁘고
눈을 감아도 예쁘다

오늘은 네가 꽃이다

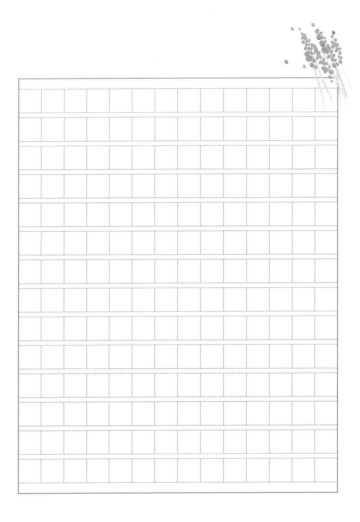

가을 햇살 앞에

고개를 숙여라
더욱 고개를 숙여라
손아귀에 쥐고 있는 것 있다면
그것부터 놓아라

스스로 편안해져라
너 자신을 쉬게 하고
위로하고 기꺼이 용서하라

지난여름은
또다시 싸움판
힘든 날들이었다

이제 방안 깊숙이
밀고 들어오는 햇살
우리 마음도 따라서
고요해질 때

가을은, 가을 햇살은
우리에게 겸손을 가르치고
부드러움을 요구한다.

나의 가슴도 바다같이 호수같이

코카서스

그 높고 위태로운
벼랑 위에서도
꽃은 피어 있었다

새빨간 저고리
갈아입은 꽃
길고 치렁한 생머리카락
바람에 날리우는 꽃

이슬을 받아먹고
달빛을 받아 마시며
더욱 예쁘게 쓰러질 듯
고혹으로 울고 있었다.

비
었
다

들판은
비었다

마음도
비었다

비인 들판과 마음
사이

아침저녁으로
안개와 연기가
채워주었다

갈대꽃은
죽어서도 하얗게
손 흔들며 웃고 있었다.

나의 가슴도 바다같이 호수같이

사람이 그리운 밤

사람이
사람이
그리운 밤엔
편지를 쓰자

멀리 있어서
그리운 사람
잊혀졌기에
새로운 사람

하늘엔 작은 별이
빛나고
가슴속엔 조그만 사랑이
반짝이누나

사람이
사람이
그리운 밤엔
촛불을 밝히자.

오월 아침

가지마다 돋아난
나뭇잎을 바라보고 있으려면
눈썹이 파랗게 물들 것만 같네요

빛나는 하늘을 바라보고 있으려면
금세 나의 가슴도
바다같이 호수같이
열릴 것만 같네요

돌담불 사이 흐르는
시냇물 소리를 듣고 있으려면
내 마음도 병아리 떼같이
종알종알 노래할 것 같네요

봄비 맞고 새로 나온 나뭇잎을 만져보면
손끝에라도 금시
예쁜 나뭇잎이 하나
새파랗게 돋아날 것만 같네요.

동백

짧게 피었다 지기에
꽃이다

잠시 머물다 가기에
사랑이다

눈보라 먼지바람 속
피를 삼킨 통곡이여.

너는 흐르는 별

너는 흐르는 별
나도 또한 흐르는 별

어제 간 곳을 오늘 또
지나친다 말하지 말자

어제 만난 것들을 오늘 또
만난다 생각 말자

비록 어제 간 길을 가고
어제 본 산과 들과 나무들을 보며
어제 만난 너와 내가 다시 만나지만

어제의 너와 나는 죽고
어제의 산과 들과 나무는
더불어 죽고

나의 가슴도 바다같이 호수같이

오늘의 너는 새로이 태어난 너
오늘의 나는 새로이 눈을 뜬 나

오늘 우리는 새로이 만나고
오늘 우리는 새로이 반짝인다

너는 흐르는 별
나도 또한 흐르는 별.

꽃들아 안녕

꽃들에게 인사할 때
꽃들아 안녕!

전체 꽃들에게
한꺼번에 인사를
해서는 안 된다

꽃송이 하나하나에게
눈을 맞추며
꽃들아 안녕! 안녕!

그렇게 인사함이
백번 옳다.

새봄

무슨 일이 일어나긴
일어난 모양이에요
그렇지 않고서 이렇게
가슴이 울렁거릴 까닭이 없어요
한소끔 잠든 사이
한숨 몇 번 내쉬는 사이
하기야 이름 모르는 꽃들이 피어나고
나무의 푸름 더욱 푸르러지고
바람의 맛이 많이 달라졌다고요 ……
그런 것 말고 무엇인가
아주 중요한 일이 일어나긴
일어난 모양이에요
그렇지 않고선 이렇게
가슴이 울렁거릴 일이 아니에요
지구에게 혹은 나에게

나의 가슴도 바다같이 호수같이

숲 속에서

숲에는 사람보다 많은
낙엽이 떨어져 있었다
그 중 한 잎을 집어들어
그대라고 생각하고
가슴에 품었다

하늘에는 사람보다 많은
별들이 빛나고 있었다
그 중 한 별을 가리키며
그대라고 속삭이며
가슴에 숨겼다

낙엽은 이미
낙엽이 아니고
별은 이미
별이 아니었다.

나의 가슴도 바다같이 호수같이

이름

산속에까지 와 이름을 물을 일이
어디 있겠는가,
나무면 나무
풀이면 그저 풀
나무가 아니고 풀이 아니라면
또 어쩌겠나,
이름도 없는 작은 풀꽃들
키 큰 나무 수풀의 발가락 어름에
나무들의 발꼬랑내 맡으며
공손히 엎드려
떼를 지어 피어 있네
살아 있는 목숨만 그저 눈물겹도록
고맙고 고마워 저희끼리
어깨 기대어
이마 부비어
깔깔깔 빗속에서 간지럼 먹이며
떠들며 웃고들 있네.

그냥 멍청히

그냥 멍청히
앉아 있어도 좋은 산 하나
모두 변하고 마는 세상에
변하지 않아서 좋은
돌멩이 하나
모두 흐르는 세상에
흐르지 않아서 좋은
샘물 하나
더러는 시골 담장 밑에 피어 웃음 웃는
일년초처럼
잊혀진 개울의 낡은 다리처럼.

풍경

어느 곳에 가든지
공기에게 먼저 인사를 드려야 한다
나 여기 있어도 좋을까요?
머리 조아려 공손히 인사를 드려야 한다

어느 곳에 가든지
나무나 풀들에게 먼저 말을 걸어야 한다
그동안 별고 없으셨나요?
궁금했는데 그쪽도 잘들 계셨는지요?

그리하여 풍경이 우리를 한 가족으로 받아줄 때
비로소 우리는 사람다운 사람이 되고
편안하게 숨도 쉴 수 있게 되는 것이다.

천천히 가는 시계

천천히, 천천히 가는
시계를 하나 가지고 싶다

수탉이 길게, 길게 울어서
아, 아침 먹을 때가 되었구나 생각을 하고
뻐꾸기가 재게, 재게 울어서
어, 점심 먹을 때가 지나갔군 느끼게 되고
부엉이가 느리게, 느리게 울어서
으흠, 저녁밥 지을 때가 되었군 깨닫게 되는
새의 울음소리로만 돌아가는 시계

나팔꽃이 피어서
날이 밝은 것을 알고 또
연꽃이 피어서 해가 높이 뜬 것을 알고
분꽃이 피어서 구름 낀 날에도
해가 졌음을 짐작하게 하는
꽃의 향기로만 돌아가는 시계

나이도 먹을 만큼 먹어가고
시도 쓸 만큼 써보았으니
인제는 나도 천천히 돌아가는
시계 하나쯤 내 몸속에
기르며 살고 싶다.

나의 가슴도 바다같이 호수같이

한밤중에

한밤중에
까닭 없이
잠이 깨었다

우연히 방 안의
화분에 눈길이 갔다

바짝 말라 있는 화분

어, 너였구나
네가 목이 말라 나를
깨웠구나.

가을 밤비

실타래에서
실을 풀어내듯
내리는 비, 밤비

쉬었다 쉬었다가
생각나면 속삭이듯
내리는 비, 가을비

감나무 잎새에 내려선
굵은 비가 되고
내 가슴에 내려선
쓸쓸한 비가 되오

비로 하여 더욱
깊어지는 밤
밤으로 하여 더욱
가까워지는 빗소리.

소생

강은 고요하다
죽은 듯 숨도 쉬지 않는다

젊은이 두 사람
깔깔거리며 물가에 다다라
조약돌 주워
강물 향해 물수제비 뜬다

잠방잠방잠방……
사내아인 세 방
계집아인 두 방

젊은이들의 웃음소리도
잠방잠방
조약돌을 따라가
물방울로 퉁겨오른다

드디어 강물이 숨을
쉬기 시작한다
강이 꿈틀거린다.

나의 가슴도 바다같이 호수같이

가을이 와

가을이 와 나뭇잎 떨어지면
나무 아래 나는
낙엽 부자

가을이 와 먹구름 몰리면
하늘 아래 나는
구름 부자

가을이 와 찬바람 불어오면
빈 들판에 나는
바람 부자

부러울 것 없네
가진 것 없어도
가난할 것 없네.

가을
숲

숲은 벌써 낙엽들의 나라
숲은 벌써 별들의 마을
밤사이 낙엽은 이슬에 젖었다,
낙엽을 적시는 이슬은 별들의 눈물.

동백

짧게 피었다 지기에
꽃이다

잠시 머물다 가기에
사랑이다

눈보라 먼지바람 속
피를 삼킨 통곡이여.

동 백

나태주

짧게 피었다 지기에
꽃이다

잠시 머물다 가기에
사람이다

눈보라 먼지바람 속
피를 삼긴 통곡이여.

날이 맑아서
네가 올 줄 알았다

Part 5

맑은 날

오늘 날이 맑아서
네가 올 줄 알았다
어려서 외갓집에 찾아가면
외할머니 오두막집 문 열고
나오시면서 하시던 말씀

오늘은 멀리서 찾아온
젊고도 어여쁜 너에게
되풀이 그 말을 들려준다
오늘 날이 맑아서
네가 올 줄 알았다.

연정

바람도 없는데
나무숲이 몸을 흔드네

그 위로 파랑 하늘
흰 구름이 웃고 있네

아마도 내가 누군가를
사랑하고 있나보다.

날이 맑아서 네가 올 줄 알았다

모두가 떠난 자리에

모두가 떠난 자리에
그대 단 하나
내게 소중한 행운입니다

무너져 내린 가을 꽃밭
그대 단 하나
내게는 빛나는 꽃송입니다

바람 부는 산성 위에
오로지 그대
꺾이지 않는 하나의 나무입니다

날이 맑아서 네가 올 줄 알았다

조그만 세상

너는 귀가 조그만 아이다
그러므로 너를 사랑하고 있는 동안 나의 세상은
조그만 세상이 될 것이다

너는 맑은 눈빛과 깨끗한 영혼을 가진 아이다
그러므로 너를 사랑하고 있는 동안 나의 세상은
맑고 깨끗한 세상이 될 것이다

너는 웃음소리가 귀엽고 웃는 얼굴이 복스러운 아이다
그러므로 너를 사랑하고 있는 동안 나의 세상은
귀엽고 복스러운 세상이 될 것이다.

날이 맑아서 네가 올 줄 알았다

첫눈 같은

안으면
새롱새롱
새하얀 눈

나뭇가지에
내린 첫눈
햇빛에

녹아버릴 듯
녹아버릴 것
같은 아이

그래도 한 번
안아보자
머리칼 쓸어보자

내 가슴에 들어와
울면서 울면서
물이나 되거라.

어떤 문장

보고 싶다
보고 싶었다

내 일생을 요약하는
두 줄의 문장

말하고 나면 마음이
조금 풀리고

네가 내 앞에 와
웃어주기도 했었다.

너를 좋아하는 것은

내가 너를 좋아하는 것은
실은
내가 나를 좋아한다는 말이다

내가 너를 그리워한다는 것은
실은
내가 나를 그리워한다는 말이다

내가 너를 두고 외로워한다는 이것은
실은
내가 나를 두고 외로워한다는 말이다

내가 너를 사랑한다는 이것은
실은
내가 나를 사랑한다는 말이다

내가 너를 떠난다는 이것은
실은
내가 나를 떠난다는 말이다

내가 너를 포기한다는 이것은
실은
내가 나를 포기한다는 말이다.

창문 열면

라일락꽃
시계풀꽃
꽃내음에 흘려

창문 열면
오월의 부신 햇살
싱그런 바람
왠지 나는 부끄러워라
내가 너를 생각하는 이 마음을
네가 알 것만 같아
혼자 서 있는 나를
네가 어디선 듯
숨어서 가만히 웃고 있을 것만 같아서 ······

사
랑
은

사랑은
거울,

사랑하는 사람을 통해서 보는
또 하나의 나

사랑은
색안경,

사랑하는 사람을 통해서 보는
물들인 세상

자수정빛 연둣빛으로
때로는 회색빛으로

사랑은
하늘,

나 혼자서 다다를 수 없는
이상한 나라의 구름층계.

날이 맑아서 네가 올 줄 알았다

사랑하는 마음 내게 있어도

사랑하는 마음
내게 있어도
사랑한다는 말
차마 건네지 못하고 삽니다
사랑한다는 그 말 끝까지
감당할 수 없기 때문

모진 마음
내게 있어도
모진 말
차마 하지 못하고 삽니다
나도 모진 말 남들한테 들으면
오래오래 잊혀지지 않기 때문

외롭고 슬픈 마음
내게 있어도
외롭고 슬프다는 말
차마 하지 못하고 삽니다
외롭고 슬픈 말 남들한테 들으면
나도 덩달아 외롭고 슬퍼지기 때문

날이 맑아서 네가 올 줄 알았다

사랑하는 마음을 아끼며
삽니다
모진 마음을 달래며
삽니다
될수록 외롭고 슬픈 마음을
숨기며 삽니다.

좋은 말

사랑합니다

그보다 좋은 말은
지금도 생각합니다

더 좋은 말은
우리 오래 만나요.

한밤의 기도

내가 사랑하는 사람
그가 잠에서 깨어나는 창밖에
밝고 환한 아침 햇빛을 마련해주소서

잠자리에서 일어나 창을 열고
바깥세상을 내다보는 그에게
어제까지 보이지 않던 꽃이 보였다든지
어제까지 들리지 않던 새소리가 들렸다든지
그런다면 더욱 좋겠습니다

그리하여 내가 사랑하는 사람
보일 듯 말 듯 입가에 미소를 허락하시고
그의 눈 속에 더욱 밝고 맑은 예지叡智를 마련하소서
그의 첫 음성이 당신을 찬미하는
마음으로 가득 차게 하여주소서

새로 맞이하는 한 날도
당신의 축복 아래 평안하게 하시고
끝없이 세상을 사랑하는 마음 또한
잊지 않게 하여주소서.

한
사
람

좋은 사람과라면
흐린 날은 흐려서 좋고
맑은 날은 맑아서 좋다고 한다

비뚤어진 장독대
장항아리들도 예뻐 보이고
깨어진 기왓장 조각까지
소중해 보인다

아, 그것이 그렇다면
오늘 나의 소망은
너에게 오직 그런
한 사람이 되고 싶은 것이다.

사랑이 올 때

가까이 있을 때보다
멀리 있을 때
자주 그의 눈빛을 느끼고

아주 멀리 헤어져 있을 때
그의 숨소리까지 듣게 된다면
분명히 당신은 그를
사랑하기 시작한 것이다

의심하지 말아라
부끄러워 숨기지 말아라
사랑은 바로 그렇게 오는 것이다

고개 돌리고
눈을 감았음에도 불구하고

그대 생각

주머니는 늘 쓸쓸했고
발걸음은 비틀거렸다
그러나 나는 그대 생각에
누구라 없이 자랑스러웠고
마음만은 언제나 부자였다.

호명

순이야, 부르면
입속이 싱그러워지고
순이야, 또 부르면
가슴이 따뜻해진다

순이야, 부를 때마다
내 가슴속 풀잎은 푸르러지고
순이야, 부를 때마다
내 가슴속 나무는 튼튼해진다

너는 나의 눈빛이
다스리는 영토
나는 너의 기도로
자라나는 풀이거나 나무거나

순이야, 한 번씩 부를 때마다
너는 한 번씩 순해지고
순이야, 또 한 번씩 부를 때마다
너는 또 한 번씩 아름다워진다.

날이 맑아서 네가 올 줄 알았다   **229**

그래도 남는 마음

몸보다 마음을 더 많이
써먹고 가고 싶다

보고 싶은 마음으로 꽃을 피우고
그리운 마음으로 구름을 띄우고
안쓰러운 마음 서러운 마음으로
별들을 더욱 빛나게 하고

그리고도 남는 마음 있거든
너에게 주고 가고 싶다.

꽃

예뻐서가 아니다

잘나서가 아니다

많은 것을 가져서도 아니다

다만 너이기 때문에

네가 너이기 때문에

보고 싶은 것이고 사랑스런 것이고 안쓰러운 것이고

끝내 가슴에 못이 되어 박히는 것이다

이유는 없다

있다면 오직 한 가지

네가 너라는 사실!

네가 너이기 때문에

소중한 것이고 아름다운 것이고 사랑스런 것이고

가득한 것이다

꽃이여, 오래 그렇게 있거라.

너무 쉽게 만나고

너무 쉽게 만나고
너무 쉽게 헤어지는
우리의 사랑

너무나 바쁘고
너무나 성급한
우리의 나날

사람들아 사람들아
그리워할 사람을 오래오래 그리워하고
눈물겨워할 것을 뜨겁게 눈물겨워하자

서러워할 것을 서러워하고
우리 차지로 온 쓴 잔을
마다하여 돌리지 말자.

날이 맑아서 네가 올 줄 알았다

끝끝내

너의 얼굴 바라봄이 반가움이다
너의 목소리 들음이 고마움이다
너의 눈빛 스침이 끝내 기쁨이다

끝끝내

너의 숨소리 듣고 네 옆에
내가 있음이 그냥 행복이다
이 세상 네가 살아 있음이
나의 살아 있음이고 존재 이유다.

어떤 문장

보고 싶다
보고 싶었다

내 일생을 요약하는
두 줄의 문장

말하고 나면 마음이
조금 풀리고

네가 내 앞에 와
웃어주기도 했었다.

어떤 날엔

나태주

보고 싶다
보고 싶었다

내 일생을 요약하는
두 줄의 문장

말하고 나면 마음이
조금 풀리죠

네가 내 앞에 와
앉아주기도 했었다.